소망의 강가로

소망의 강가로

박인희

마음의숲

헤매던 날들의 가슴의 파편을 한자리에 모았다. 시(詩)와 주님이 내 손을 이끌어 주시지 않았다면 지탱할 수 있었을까.

사랑하는 오빠, 잊을 수 없는 두 분 P교수님과 안젤라 그리고 시련속에서도 용기를 심어준 고마운 사람들에게.

1989년을 맞이하며 맨해튼에서
박인희

차례

1. 장마 걷힌 뒤

2. 소망의 강가로

3. 산타 모니카 바다의 실루엣

4.

달 하나 별 하나의 거리만큼

5. 어둠에게

6. 산하리 일기

7. 그리운 사람끼리

소망의 강가로

박인희

1. 장마 걷힌 뒤

겨울 노래

한 밤을 뜨거운 눈물로
지새워 본 사람만이
어둠을 찢고 솟아오르는
달무리
그 고운 미소의 의미를 안다

눈사태로 지붕이 주저앉고
산짐승의 발자국 깊이 새겨져도
여린 가지마다
말없이 눈을 이고 서 있는
나목의 헌신

이 땅에 미워할 것이라곤
하나도 없다
용서하지 못할 일이라곤
아무것도 없다

서로의 상처를 보듬어줄
가슴만이
악을 이기는 것이다

사랑하는 일만 남아 있는

우리들의 생애

교감의 향기

외로워지면
화분 한 그루
사들고 온다

마음의 벗이라 여기며
믿었던 얼굴마저
차갑고 쓰디쓸 때

말없이
어루만져 주는
꽃들의 미소

나의 침묵이
너의 가슴에 닿아
아리도록 스며오는
교감의 향기

눈물의 숨은 뜻

울어 보지 않고야
어찌
눈물의 숨은 뜻을 알까

얼음 주머니도
다 소용없다

해일처럼
눈뿌리까지
콸콸 터질 때

비로소
건져 올린
알맹이 한 알

너의 아픔이
나의 아픔으로
마주치는
벼랑 끝
샛별 하나

어쩌다
한 번쯤은
가슴의 수압
무너져 볼 일이다

오만의 방축
무너져 볼 일이다

장마 걷힌 뒤

파묻히고 휩쓸리며
아까운 모든 것이
할퀴어진 뒤
엷은 햇살 아래
파르르 젖은 몸을 터는
둑길의 코스모스

죽을 만큼
흙탕물 뒤집어쓰고도
다 용서하며
오히려 비켜서는
강바닥의 풀잎들아

청청한 소나무보다
오늘은 너희들이 더 어여쁘구나
몇 배 더 강인하구나

죽음도 껴안을 줄 알고
슬픔도 툭툭 털어낼 줄 알고
무참히 쓰러지고 난 뒤

몇 배 더 싱그럽게 튀어오르는
선혈, 목숨의 빛

한 번쯤 고꾸라져도
괜찮다
다시 펄펄 일어설 수만 있다면

살아있음을
미안해할 것 없다

국화차

잃어버린 세월을
반추해 보며
그녀를 찾아갔을 때

녹차 속에
흰 국화 서너 잎을 띄워주며
곱게 웃던 친구

오월이지만
내 가슴은 십일월

봄이 아닌
늦가을의 우수를

마른 꽃향기로 달래며
친구와 마시는 한 잔의 차

마음과 마음을 이어주는
고운 사람이 곁에 있어

외로워도
외롭지 않은 시간

삶의 아름다움을
느끼는 자리

마시다 만 찻잔 속에서
벙글벙글 웃고 있는
흰 국화 서너 송이

나무가 허물을 벗듯

젊은 날엔
잊고 싶지 않았었다

간직하고 싶은 것이
많았던 나날들

그땐, 참
바람에
나뭇잎만 흔들려도
가슴을 떨곤 했었다

나무가
허물을 벗듯
어쩌다
희끗희끗
흰 머리 한 올처럼
떠오르는 기억

이젠
모두 다
떠나보내고 싶다

물 흐르듯
담담히
잊고 싶다

머물고 싶었던
순간들만큼
텅텅
다 비우고 싶다

맨해튼의 가을

돌아갈
보금자리가 있다는 것은
얼마나 따스한 일인가

마주 바라볼
가족이 있다는 것은
얼마나 든든한 일인가

멀리서도
사랑받고 있음을 안다는 것은
얼마나 푸근한 일인가

어려움 속에서도
누군가를 위해
기도할 수 있다는 것을
얼마나 은혜로운 일인가

함께 있어도
쓸쓸해지는
이 가을에는

열매

눈을
아름답게 하는
한 송이 꽃이기보다

마음의
곳간을
채울 수 있는
열매이기를

한 하늘 아래

당신의 눈길 머물지 못할
척박한 땅에 핀
씀바귀나
질경이로 자랄지라도

우리가
한 하늘 아래
숨을 쉴 수 있음이여

그 사실 하나만으로도
쓸쓸함을 넘어
든든하다

자명고

누가 북을 울리는가
외로움의 정점에서
가슴속 시퍼런 칼날을 감추고

누가 쇠북을 울리는가
괴로움의 절벽에서
막막한 기다림의 탄식을 삼키며

누가 홀로 울고 있는가
쓰라림의 빙하에서
심연의 숫돌을 갈고 또 갈며

수선화

삶의 눈사태

그것은
혁명이었다

가슴을 가득 채워주던
아릿한 미소

새해

새해에는
욕심없이 살고 싶어요
바쁘지 않게 살고 싶어요

물질보다
명예보다
더 귀한 것이
사람임을 되새기며 살고 싶어요

몰라서
많은 죄를 짓다가도

한 줄의 글일망정
일기를 쓸 때
참회하며 살고 싶어요

비가 내리는 날

비가 내리는 날은
살아있는 나와
죽어있는 내가
처절하게 엉겨 붙어
씨름을 한다

이길 수도
질 수도 없는
한 판 질긴 승부 앞에
살아있는 나와
죽어있는 내가
둘이 함께
탈진한 모가지를 내민다

한 모금
생수를 다오

영원히
목마르지 않을

여운

가을에 듣는
피아노 소리는
더욱 아련하다

몇 끼쯤 굶어도
배고픈 줄 모르고
오히려
빈 속에 이슬로 떨어지는
맑은 피아노 소리

하늘 우러르지 않아도
내 영혼은
지금
하늘빛이다

옥로*

맑은
한 모금의
목숨

물안개로
피어오르는
너의 혼

* 녹차의 이름

2. 소망의 강가로

한 모금

목마를 때
한 모금의
물만 마셔도
이토록
시원하고
살 것 같은데

영혼이 마를 때
주님이
값없이 주시는
한 모금의
물을 마시면
영원히 살으리

봄 햇살

내 슬픔이 너무 커
어둠 속에
갇혀 있다가
길에 나서니
햇살이 눈부시다

친구의
다정한 목소리보다
더욱
눈물겨운 위로

홀로
견디는 것 같아도
홀로가 아니었구나

어둠
그 너머에서
말없이 지켜주던
햇살의 따스한 미소

주님과 함께였구나

이 빈 가슴을

뒤늦게 찾아온
아름다운 꿈마저도
제자리에 돌려주었습니다

이제 다시
묵묵히 혼자입니다

이 가을
욕심없이
빈 자리입니다

주여
오시옵소서
어서 오시옵소서

가을 바다를 지키는
흰 물새처럼 날아와
이 빈 가슴을 지켜 주시옵소서

조그마한 기도

하나님 안에서
사랑하게 하소서

두려움이 없는
사랑 안에서
변화시켜 주옵소서

마지막 날에는
기도하다
눈 감을 수 있게 하소서

참된 평안을 지닌 채
떠날 수 있게 하소서

영혼의 봄

가슴의 불은
끌 수 있지만

봇물처럼 터지는
영혼의 물줄기를
어떻게 막을 수 있는가

계절의 봄은
바뀔 수 있지만

영혼의 봄은
불변의 계절이다

한 영혼을 위하여

주님 앞에
한 이름을 부릅니다

주님!
이 이름이 넘어지지 않게
안아 주옵소서

세상의
쓰디쓰고
아프고
쓸쓸한 잠은
저의 것이 되게 하옵시고

그의 이름은
새벽 별이 되게 하소서

당신이 오시려고

달도 별도 보이지 않고
회색의 하늘

이 적막한 공간에
주님
당신과 저뿐이에요

당신이 오시려고
오늘은 그렇게
바람이 휘몰아쳤군요

쓸쓸함의 한껏
뿌리를 내리게 하시고

밑빠진 항아리처럼
허전케 하시더니

당신이 오시려고
길 잃은 아이처럼
울게 하셨군요

가을에 드리는 기도

올가을에는
어이없이
휩쓸리지 않게 하소서

가장 소중한 사람을
잃어버린 듯
헤매지 않게 하소서

핼쑥한 모습에도
이젠
생기가 돌게 하소서

허허로운
저 들녘
혼자서도 외롭지 않은
허수아비

떠나보내야 할 것을
남김없이
떠나보내고

넉넉하게
웃을 수 있는
홀가분한
시작을
일깨워 주소서

한 줌
흙으로 돌아가는 날은
쓰라림을
삭이며
눈을 감게 하소서

마리아처럼

당신께 가까이 가면 갈수록
저의 실체는
부끄러움으로 가득 차 있습니다
주님!

그러나 당신의 사랑은
제가 아름다운 까닭이 아니라
저를 불쌍히 여기시어
버리시려 해도 차마 버리실 수 없는
잊으시려 해도 차마 잊으실 수 없는
그 한없이 연민의 눈길임을
압니다

당신이 아니면
그 누구도 보듬어 줄 이 없는
가난한 가슴을 드립니다

눈물로 씻은
당신의 발에
귀한 향유를 붓고

갈망의 긴 머리채로 쓰다듬으며
참회의 뜨거운 입맞춤을 하던
마리아처럼

소망의 강가로

아홉 개비의 희망과
한 개비의 절망으로
고개 숙인 저를 쓰다듬어 주세요

웬일인지 오늘은
아홉 개비의 절망과
한 개비의 희망으로
절벽에 서 있는 저를 용서해 주세요

당신의 그 사랑을
믿지 못하여서가 아닙니다
당신의 크고 깊은 사랑을
뜨겁게 느낄 수 있기에
그 사랑 하나만으로
또 하루를 견딥니다

절망을 못박아 버리고
당신이 오실 그날을 헤어보는
소망의 강가로 저를 이끌어 주세요

평화

꿈도
기대도
기다림도
죄다 버린 뒤
다시 찾은 마음의 평화

유순한 눈빛

이 눈빛 하나
남겨 주시려고
절망의 빙벽
기어오르게 하셨군요

심연의 모래밭

사람과 사람 사이의
이 아득한 심연을
하나님
당신은 알고 계십니까

무한한 당신의 사랑
무한한 당신의 이해
무한한 당신의 용서
무한한 당신의 인내

그렇게 무한한 모든 것을
사람에게 주셨건만

사람과 사람 사이의
이 황량한 모래밭을
하나님
당신은 걸어 보셨습니까

심연의 모래밭을
걷고 또 걸으면

죽을 때까지 걸으면
그 어디쯤에서
사랑의 사람
만날 수 있을까요
이해의 사람
만날 수 있을까요
용서의 사람
만날 수 있을까요
인내의 사람
만날 수 있을까요

한 알의 작은 모래알처럼 부서져
이름도 없이
빛도 없이
기다리고 싶어요
그저 무작정 기다리고 싶어요
그 사람 만날 때까지

그 여자

악취의 독에서 벗어나
향기를 지닌 여자

죄악의 사슬에서 풀려나
은총을 입은 여자

어둠에서 놓여나
빛을 품은 여자

죽음을 이겨낸
사랑의 여자

막달라 마리아
그 여자

1월의 기도

얼마나 당신이 저를 사랑하시기에
새해, 1월의 첫 밤을
눈 덮힌 성산에서
기쁨의 눈물 흘리게 하십니까

당신의 훈훈한 사랑처럼
쌓인 눈이 녹아
눈더미 위에 꿇어앉아
간구하는
이 작은 가슴을 덮혀 주십니까

두터운 모포를 휘감고도
뼛속까지 스미던
삶의 황량함을
당신의 침묵으로 녹여
으스러지도록 아픔을 껴안게 하십니까

얼마나 당신이 저를 사랑하시기에

미소 한 잎

기도하고 싶어
어둠 속에 무릎 꿇었을 때
참회의 눈물 대신
알지 못할 미소 한 잎
피어오르는 것을
그 누가 알리

말은 이미 필요 없어요

오직 당신만이
이 미소의 뜻을 헤아리시며
침묵으로 응답하십니다

내가 너를 아노라
내가 너를 사랑하노라
내가 너를 버리지 않노라
내가 너를 지켜 주리라

미리 쓰는 유서

살아서
미리 쓰는 유서가 있다면
용서하세요
이 한 마디뿐

너는 누구냐
저는 죄인입니다
그러나
당신의 피로
저를 씻어 주셨습니다

영원한 사랑
나의 주님

3. 산타 모니카 바다의 실루엣

물새의 노래 1

파도가 밀려와도
잠기지 않고
떠오르는 물새

잠기기보다
그 물살을 거슬러 올라가는

슬기와
자유의 물새

물새의 노래 2

모래 위에
썼다가 지운
말 한 마디

이 마음 알고 있다는 듯
흰 가슴으로
밀려오는 파도

멀리 있는 등대는
알고 있는지

물새의 노래 3

물결을 따라
줄달음치는
저 어린 새들을 보아라

먹이를 찾아 헤매다가
파도를 만나면
모래 기슭을 향해
종종걸음을 치지만

때가 되면
파도조차
여린 가슴으로 품어 안으리라

파도의 한을
맑은 가락으로
노래하리라

물새의 노래 4

어디를 바라보고 있니
물새야
노을 지는 가을 바다에
홀로 서서

지금 네가 바라보는 건
흰 구름이지만
지금 너를 가로막는 건
첩첩 산맥이지만

흰 구름 너머
산허리 너머
반향되어 울릴
진실한 목소리 있음을
너는 믿으리라

한 줄기
영원한 빛이 있음을
너는 알리라

저녁 바다 1

잠든 산이 일어선다

환청처럼
나를 부르는
하늘의 목소리

저녁 바다 2

바다가 뒤집혀
황토물로 밀려온다
성난 짐승의 울음 소리
갈가리 하늘과 땅을 찢으며
으르렁으르렁
가슴을 치는 저 소리

갈매기도
지는 해를 우러러
꺼이꺼이
울부짖는다

내 대신
통곡하는 바다

내 친구 갈매기

저녁 바다 3

바다로 내게 말한다
참으라고

잊어버리라 한다

의연하게
견디라고 한다

모든 것은
물거품으로 사라질 뿐이라고
나직히 말한다

등대

해일로 부딪는구나

방파제도
내 가슴을 막을 수는 없다

뇌성처럼 휘몰아치는 파도
한 줄기 섬광, 무지개
하늘로 치솟는 흰 새

연인처럼

물결 헤적이는 소리
바람 부는 소리

가만히
귀 기울이면

물결과
바람은
하나되어
가슴에 안긴다

소리는 사라지고
영원한 연인처럼

생명의 바다

바다야 안 되겠다
아무래도 안 되겠다

답답한 이 가슴을
풀어 줄 손길은
네가 아니면
안 되겠다

생명의 바다

갈망의 닻을 내리고 싶다

평균율

발광을 잠재운
목선 한 척

수평을 이룬 날개

가지런히 모은
가녀린 발목

갈매기의 비상

바흐의 평균율

4. 달 하나 별 하나의 거리만큼

그림자 1

당신은
저의 가슴속에
깊은 우물입니다

목마를 때
영혼으로 들여다보는
수정 거울입니다

마시지 않아도
아쉬움 없는
새벽 이슬입니다

영원히 쉬고 싶은
고향입니다

그림자 2

내가 휘청일 때
고통의 밑바닥에서
지렛대처럼
나를 받쳐 주는 사람

내가 기쁨을 만나면
만난 기쁨보다
더 기뻐해 줄 사람

내가 슬픔을 만나면
만난 슬픔보다
더 슬퍼해 줄 사람

형제
친구
혈맹의 동료

퇴비

내 너를 위해
퇴비가 되어 주마

지금은 악취뿐인
이 몸, 이 정신, 이 혼
기꺼이
썩고 썩어서
너의 뿌리 속에 스며들
퇴비 한 줌이 되어 주마

나를 딛고 일어서거라

외로움에게

불구덩이 속에서
단근질하지 않고
무쇠가
연장이 될 수 있는가

달궈진 쇳덩이는
차가운 물을
뒤집어써야 하거늘

질식할 만큼
아무도
너를 이해하지 못한다 해도
남을 비웃지 않고

네가
너 자신을 이겨낼 수 있다면

외로움도 축복이다

슬픔의 범종

때로는
아름다운 기억일수록
고문이 될 때가 있다

둔탁한 쇳소리가
용해되어
혼을 울리는 범종이 되듯이

추억의 핵으로 빚어진
슬픔의 범종

나

어떤 사람은 남에게 기쁨을 준다
어떤 사람은 남에게 슬픔을 준다
어떤 사람은 남에게 용기를 준다
어떤 사람은 남에게 절망을 준다

어떤 사람은 남에게 사랑을 준다
어떤 사람은 남에게 미움을 준다
어떤 사람은 남에게 웃음을 준다
어떤 사람은 남에게 눈물을 준다

어떤 사람은 남에게 평온을 준다
어떤 사람은 남에게 가시를 준다
어떤 사람은 남에게 시작을 준다
어떤 사람은 남에게 종말을 준다

나는 어떤 사람일까

꿈을 주는 사람일까
독을 주는 사람일까

사연

돌아오지 않는 사람은
돌아오지 못할
까닭이 있겠지요

간절히
오고 싶어도
절대로
올 수 없는
사연이 있겠지요

슬퍼 말아요
먼 산을 바라보는
사람아

아린 가슴은
아린 가슴끼리

저린 뼈는
저린 뼈끼리

무덤은

무덤끼리
저희끼리
혼을 부비며

저문 들녘
흙 속에서
고운 가루로
만나게 되니까요

아픔도
사랑도
증오도
애터지던 기다림도

물결 따라 흐르면

결국
남는 건

무덤 속을 흐르는
고운 가루
담담한 흙 한 줌입니다

너와 나

가슴에
빙하를
품고 사는 사람들

얼어붙은
가슴은 녹일 줄 모르면서
날씨보고만 춥다고 한다
꽁꽁 얼었다고 한다

녹여야 할 것은
날씨가 아니라
꽝꽝 얼어붙은
제 가슴인 것을

풀려야 할 것은
얼음덩이가 아니라
얼음 두께보다
더 두터운
미움의 강
제 가슴인 것을

화해를 모르면서
우리는 악수를 한다
사랑을 모르면서
우리는 어깨를 감싼다
슬픔을 모르면서
우리는 눈물을 흘린다
기쁨을 모르면서
우리는 웃는다

너와 나

지금은
마음의 주름살을 펼 때
오만의 빗장을 풀 때
용서의 잔에
가슴을 축일 때
한스런 거미줄을
털어내야 할 때

달 하나 별 하나의 거리만큼

단둘이
마주 앉아
차 한 잔
마시지 못한 사이

단둘이
마주 앉아
음악 한 번
듣지 못한 사이

우리는
그렇게
안타까운 사이

그러나
스쳐가는
눈길 속에
영혼을 느끼는 사이

달 하나
별 하나의

거리만큼

쓸쓸하지만
넉넉한 사이

남해의 노래

촛불 속에 너를 바라본다
달빛으로 별빛으로
너를 바라본다
눈으로 바라보기보다 마음으로 느끼는
너 너를 우러르면
달 같은 한 얼굴이 떠오른다
한 순간만이라도 밤바다를 둘이 함께
바라보고 싶은 얼굴
공기를 느낄 수 있는 너
홀로 너를 우러르다 내가 먼저 눈 감으면
말 안 해도 너는 알지
네가 흘러가야 할 곳을
남해 네 가슴 앞에
나는 빈 배로 떠 있다

겨울 일기 1

동치미
국물에
떠오르는

하늘의
실눈썹

겨울 일기 2

빗줄 하나
내려보내 주세요

뻐근한
그리움 하나
품은 채로

머리 숙여
가슴을 드립니다

겨울 일기 3

두 벌의
누더기를
기우고
또 기우니

가시옷이 되더라

살과
뼈가 배기는
가시옷

눈물의
가시옷

겨울 일기 4

내 영혼에
박힌
대못 하나

고맙다
가시야
찌르고
또 찌르렴

겨울 일기 5

한 줌의
눈으로

심장을
씻어보니

흰 빛
간데없고

선홍의
핏자국뿐

겨울 일기 6

눈 덮힌
산허리에
솟구치던
까치 두 마리

5. 어둠에게

적막

적막을 견디어라

가슴 시린 개울물
전신을 얼리며, 녹이며
매운 강풍 끌어안으면

황막한 돌밭
홀로 견디면

명태는 황태 되리
눈물은 보석이 되리

그리움

겨울 벌판에
눈을 이고 섰는
볏짚단

나의 그리움은
눈 속에 얼고 있다

이미
기다림도 없다

산이 가슴 속에
잔설(殘雪)을 안고 있듯

내 영혼의 정수리에 내려 앉은
흰 새 한 마리

생명 다하는 날까지
품으리

만약

– 계룡산에서

돌 틈에 흐르며
청청한 물소리를 내는
시냇물일 수 있다면

개울가에 말없이 서서
바람에게 가슴을 맡기는
버들강아지일 수 있다면

산길을 오르다 숨이 찬
누군가의 목마름을 적셔 줄
샘물일 수 있다면

수없이 구름과 이별하면서도
묵묵히 견디는
바위산일 수 있다면

참숯의 노래

매워요
가슴이 타고 있어요
척추가 부서지고 있어요
탁, 탁 마지막 비명소리가
들리지요
무너지고 있어요

참나무가 해야 할 일은
활활 타는 일이에요

사위어 가는 밑불
재의 흔적조차
남기지 말아요

보랏빛 기류
불꽃을 헤치고 떠오르는
영혼의 불씨

지진

날 선 작두 위에서
펄펄 뛰는
신들린 무녀의 춤보다

더욱 멀리
뜨겁게 솟구치던
나의 피

시퍼렇게 살아
카악 죽고만 싶던

삶의 질곡

비선대

홀로 산길을 간다
사람의 발자국 소리 들리지 않고
눈 속에 떨고 있는 갈대

쓰러지며, 저린 무릎으로
기어오르던 빙산
골짜기를 뒤덮은 설악의 하얀 침묵

매섭게 후려치는 갈기보다
더욱 가슴 쓰라리다

우뚝 선 절벽
찌르는 비선대

망연히 서서
하늘의 소리를 듣는다

뼈저린 고독 속에서만
진정한 만남은 이루어질 수 있다

혼이 열려
또 하나의 나를 부르는 자리
너를 마주치는 시간

아욱꽃

아욱을 다듬다가
푸른 새순 사이로
수줍게 핀 연한 꽃망울
눈물이 핑 돈다

펄펄 끓는 국물에
짓이겨질
너의 몸

사라지며
잠시 보여 준
조금만 생명의 빛깔

숨길 때야 비로소
외마디
지고의 소리로 우는
백조의 울음

아욱 꽃
울음, 한 가락

유리병에 꽂으며
전율한다

진달래

물빛 수첩 속에서
숨쉬고 있는
마른 꽃잎
진달래 한 송이

지울 수 없는
아름다운 기억

얼었던 산과 들
쓰다듬는
부드러운 비

밀려오는 봄을
몰아낼 수 없듯이

내 가슴속에서
숨 쉬고 있는
마른 꽃잎
진달래 한 송이

분노

머리를 자른다 한들
고통의 무게가
덜어질 수 있을까

잠든 사이
머릿발을 잘린 채
힘의 중력을 잃어버리고
최후의 불기둥
분노를 폭발한 삼손

잠들지 못해
서성이는 나는
이 새벽
삼손, 그대의 분노를 열망한다

머리를 잘라도
고통의 뿌리는
그대로인 나는

루오의 달을 보며

십자가 앞에서
다시 생각해 봐도
되풀이할 순 없다

루오의 달을 보며
지새우는 밤

분노는 가라앉아
달로 떠오른다

어둠에게

오너라
어둠아
통째로 나를 삼켜라

시린 영혼 감싸주는
광맥이 내게 있는 한

어둠
너에게 삼키울수록
새벽 별은 빛나리니

호수에게

너를 알겠다

바다로 흐르지 않고
그대로
너의 자리에 머물러
하늘 우러르는
너의 가슴을
너의 기다림을

산 그림자 하나
가슴에 품고
그대로 고인
너의 침묵을

6. 산하리 일기

산하리 일기 1

비 내리는 숲에서
뻐꾸기가 운다

올 사람
아무도 없는데

뻐꾸기는
그걸 알고
나 대신 울고 있는 것일까

아니면
저도 나처럼 홀로이기에
외로워 울고 있는 것일까

적막과 마주선
뻐꾸기와 나의 인연

산하리 일기 2

충만한 것은
떨어진다

전기줄에 매달린
빗방울이
제 무게에 겨워
떨어지듯이

나뭇가지 위의
과일이
고개 숙여
떨어지듯이

산하리 일기 3

아궁이에 불을 지피는데
잡목 가지에 매달린
개구리 한 마리
숨을 죽인 채 할딱거린다

아차 했으면
너마저
아궁이 불길 속으로
들어갈 뻔 했구나

부엌 문을 열고
개구리를 뒷산으로
내보내고 나니

죽었던 내가
살아 돌아온 것처럼
가슴이 뛴다

잘 가거라
수풀 속으로 뛰어 가
오래 오래

푸르게 살아 가거라
너를 해치지 않으마

내 마음을 아는지
모르는지

두어 발짝 뛰어가던
개구리는
그 자리에 멈춘 채
할딱거리고만 있다

산하리 일기 4

뱀에게 물리든가
멧돼지에게 잡히는 것이
차라리 낫지

사람에게 물려
평생을 독 기운이 퍼진 채
서서히 죽어가는 것 보담이야

악 속에 잠긴 고독보다
적막이 더 고맙다

산하리 일기 5

추녀 끝에서
떨어지는 빗방울이

땅속에 뿌리 내린
돌의 얼굴을
씻어 준다

나도 비를 맞으며
말갛게
씻기우고 싶다

산하리 일기 6

어둠이 내리자
기다렸다는 듯
일제히 악을 쓰는
맹꽁이 울음 소리

낮엔 가만히 있다
어두워지면
울부짖는 이유는 무엇일까

밤새도록
사무친 한을 풀고 있는 것일까

맹꽁
맹꽁

잘못 살아온
날더러
떼지어 욕을 하는 것일까

헛살았다
헛살았다

야유하는 것일까

잘 살아라
잘 살아라
응원하는 것일까

산하리 일기 7

논두렁에서
불쑥 튀어오르는
뱀을 보고
기절하듯 발을 헛딛다

명아주, 쑥
이름모를 풀잎들은
뱀이 스쳐가도
뱀이 제 몸에
똬리를 틀어도
의연한데

사람인 나는
왜 이렇게 초죽음일까

엉겅퀴 한 줄기에게도
허리 굽혀
절하고 싶다

산하리 일기 8

떠나온지
며칠이나 되었나

푸드득 날아가는
산꿩의 날갯짓 소리에
놀란 가슴

산길에
듬성듬성 찍힌
짐승의 발자취

이해의 발자취가
그립다
사무치도록

산하리 일기 9

우수수 지는
아카시아 꽃잎

눈꽃, 너를 밟으며
오솔길을 간다

오늘
나의 벗은
까치 한 마리

실눈썹에 번지는
우수의 향기

산하리 일기 10

길섶에 핀 야생화
소나무, 상수리나무
떡갈나무와
대화를 나누었다

아무 말 없어도
우리는 서로의 눈길을 통해
마음 속 깊이 느낄 수 있다

나무와
들에 핀
이름 모를 풀들과도
가슴이 통하는 시절

산하리 일기 11

나무그늘에 앉아
때로는
푹신한 밤색 의자에
비스듬히 누워

릴케를
그의 고뇌를, 고독을
인간적인 면을
읽고 느끼는 기쁨

삶이 형벌로 느껴질 때

시간과 공간을
초월한
보이지 않는 이의 위로

따스한 숨결같은
공감

산하리 일기 12

떠날 수밖에 없어서
그냥 떠났어요

숨이 막혀
죽을 것만 같아서

어느 날이고
길목 어디에선가
쓰러질 것만 같아서

폐부 깊숙히 스미는
솔바람

아직
살아있어요

산하리 일기 13

슬리퍼를 벗어들고
모기를 때려 잡다
그 짓을 그만두었다

파리채를 집어들고
파리를 때려잡다
그 짓도 그만두었다

총채를 집어들고
불나방이를 쫓아내다
그 짓도 그만두었다

모기도 파리도 불나방도
없으면
무서워서 어찌 잠이 드나

앵앵대는 소리
자장가 삼아
친구 삼아
산촌의 밤을 지새워야지

산하리 일기 14

나무인들
뿌리째 뽑힐만한
시련이 없었겠는가

비바람이 불면 불수록
눈보라가 휘몰아치면
몰아칠수록

견뎌낸 나무는
의롭게 자라는 법

지금
누가 내 가슴을
저미어 낸다 한들
슬퍼하지 말자

저민 가슴 그 자리에
어혈이 고일수록

내 영혼은
싱그러운 수액이

흐를 테니까

7. 그리운 사람끼리

– 자작 낭송시 · 노래시

얼굴

우리 모두
잊혀진 얼굴들처럼
모르고 살아가는
남이 되기 싫은 까닭이다

기(旗)를 꽂고 산들 무얼 하나
꽃이 내가 아니듯
내가 꽃이 될 수 없는
지금
물빛 몸매를 감은
한 마리 외로운 학으로 산들
무얼하나

사랑하기 이전부터
기다림을 배워 버린
습성으로 인해
온 밤내 비가 내리고
이젠 내 얼굴에도
강물이 흐르는데…

가슴에
돌단을 쌓고
손 흔들던 기억보다
간절한 것은

보고 싶다는
보고 싶다는
단 한마디

먼지 나는
골목을 돌아서다가
언뜻 만나서
스쳐간 바람처럼
쉽게
헤어져 버린 얼굴이
아닌 다음에야…

신기루의 이야기도 아니고
하늘을
돌아 떨어진
별의 이야기도 아니고

우리 모두
잊혀진 얼굴들처럼
모르고 살아가는
남—
남이 되기 싫은 까닭이다

길

잎이 지네
다시 피려고
떠나 가네
돌아오려고
홀로 있네
함께이려고
울고 있네
웃어보려고

가고 오고
울고 웃고
피고 지는
그 모든 것

이 세상에
그 누가
막을 수가 있으랴

온몸으로
온 마음으로
모두 품어 안으리

눈 감아도
환히 보이네
사라져도
밀려오네
떠나가도
늘 함께 있네
서성이네
다시 보려고

우리 둘이는

눈이 내려도
만날 수 없다
우리 둘이는
우리 둘이는

비가 내려도
만날 수 없다
우리 둘이는
우리 둘이는

그러나
눈 감으면 보이는 얼굴
가슴에 묻어 둔
그 한 사람

꽃이 피어도
만날 수 없다
우리 둘이는
우리 둘이는

낙엽이 져도
만날 수 없다
우리 둘이는
우리 둘이는

그리운 사람끼리

그리운 사람끼리 두 손을 잡고
마주보고 웃음지며 함께 가는 길
두 손엔 풍선 들고
두 눈엔 사랑 담고
가슴엔 하나 가득
그리움이래

그리운 사람끼리 두 눈을 감고
도란도란 속삭이며 걸어가는 길
가슴엔 여울지는
푸르른 사랑
길목엔 하나 가득
그리움이래

재회

그날이 언제일까
우리 다시 만날 날
가슴의 문을 열고
너를 반겨 줄 것을

너만을 생각하며
모든 시련을 딛고
오늘을 살아가면
무엇이 두려우리

하늘로 바다로
세상 저 끝까지
기쁨도 슬픔도
모두 품고 가리라

비바람이 몰아쳐도
나는 너에게 가리
어여쁜 모습으로
너도 내게로 오라

젊은 날의 우리들

두 눈을 감으면 너의 모습
내게로 다가온다
한때는 날 보고 웃었던 너
날 보고 울었던 너
울음을 따라 먼 길 떠나 끝없이 방황하던
야윈 얼굴에 빛나던 눈
정기 큰 그 목소리
헤세와 구름을 사랑하던
젊은날의 우리들

사랑의 추억

숨소리 나무에 등을 기대고 앉아서
그대가 불러주던 고운 노래 귀기울인다
이제는 다시 돌아올 길 없는
사랑의 추억이어라
한 줌의 햇빛 속을 걸어가던 두 사람
이마를 마주대고 영원한 꿈을 꾸었지
이제는 다시 돌아올 길 없는 사랑의 추억이리라
기쁠 때나 슬플 때나 한마음 한뜻으로
위로하고 아껴주던 그 시절 생각난다
이제는 다시 돌아올 길 없는
사랑의 추억이어라

장미꽃 필 때면

장미꽃 필 때면
나를 두고 멀리 떠난
너는 돌아오려나
그리운 내 품으로
돌아보고 또 보고 말없이 떠날 때
바람에 흩날리던 너의 뒷모습
너 떠나던 그 길목에서
오늘도 너를 위해 노래 부른다

미루나무

잊혀지면 다시 또
푸른 잎 돋아나는
우리들의 마음은 한 그루 미루나무
하늘을 치솟는
무성한 잎새마다
푸른 줄기마다
찬란한 향기여라
아름다운 우리들
너와 나 함께일 때
길음도 있느니라

방랑자

그림자 벗을 삼아 걷는 길은
서산에 해가 지면 멈추지만
마음의 님을 따라 가고있는 나의 길은
꿈으로 이어지는 영원한 길
방랑자여
기타를 울려라 방랑자여
노래를 불러라 방랑자여
오늘은 비록 눈물 어린 혼자의 길이지만
먼 훗날에 우리 다시 만나리라

몰래몰래

몰래몰래
누군가 걸어오는 소리
어둔 밤 깊은 밤
호롱불 켜고
당신이 당신이
부르시는 소리
물 긷는 소리

몰래몰래
누군가 속삭이는 소리
어둔 밤 깊은 밤
호롱불 켜고
당신이 당신이
다가오는 소리
옷자락 소리

소망의 강가로

1판 1쇄 2024년 8월 26일

지 은 이 박인희
펴 낸 이 신혜경
펴 낸 곳 마음의숲

편집이사 권대웅
편 집 조혜민
디 자 인 김은아
마 케 팅 노근수

출판등록 2006년 8월 1일(제2006-000159호)
주 소 서울특별시 마포구 와우산로30길 36 마음의숲빌딩(창전동 6-32)
전 화 (02) 322-3164~5 팩스 (02) 322-3166
이 메 일 maumsup@naver.com
인스타그램 @maumsup
용지 월드페이퍼(주) 인쇄·제본 (주)교보피앤비

ISBN 979-11-6285-154-8 04810
979-11-6285-156-2 (세트)

* 값은 뒤표지에 있습니다.